GUÍA DE LECTURA

Escrita por Audrey Millot
Traducida por Laura Soler Pinson

La escafandra y la mariposa

de Jean-Dominique Bauby

Resumen
Express.com
GUÍA DE LECTURA
Cincuenta
sombras
de Grey
por E.L. James

JEAN-DOMINIQUE BAUBY

PERIODISTA Y ESCRITOR FRANCÉS

- **Nacido en 1952 en París**
- **Fallecido en 1997 en Berck, en el departamento de Paso de Calais (Francia)**
- **Algunas de sus obras:**
  - *Raoul Lévy, un aventurier du cinéma* (1994), biografía
  - *La escafandra y la mariposa* (1997), novela autobiográfica

Jean-Dominique Bauby, el que fuera redactor jefe de la revista femenina *Elle*, era amigo de la buena vida y un apasionado del periodismo. Pero el 8 de diciembre de 1995, sufre un accidente cardiovascular que lo sume en un coma profundo. Cuando despierta, está totalmente paralizado. Está aquejado del síndrome de enclaustramiento: ya no puede moverse, comer, hablar o respirar por sí solo. Encontramos descripciones de este síndrome en *El conde de Montecristo*, de Dumas, en 1845, y en Zola, en 1868, pero habrá que esperar hasta 1947 para que la medicina detecte el primer caso de esta patología neurológica rara. Por su parte, el público en general descubre esta sensación de «vivir entre muros» gracias a Jean-Dominique Bauby, que muere tres días después de la publicación del libro, en 1997.

LA ESCAFANDRA Y LA MARIPOSA

UN TESTIMONIO DESGARRADOR

- **Género:** novela autobiográfica
- **Edición de referencia:** Bauby, Jean-Dominique. 2009. *La escafandra y la mariposa*. Traducido por Rosa Alapont. Barcelona: Booket
- **Primera edición:** 1997
- **Temáticas:** enfermedad, muerte, amor

Tras un accidente cardiovascular, privado de cualquier medio para comunicarse, Jean-Dominique Bauby decide escribir un libro para contar su vida. Se trata de un testimonio desgarrador de un hombre que algunos consideran un «vegetal».

Gracias a una ortofonista, logra comunicarse guiñando el ojo izquierdo. Lo guiña una vez para decir «sí», y dos para decir «no». Con el ojo, detiene la atención de su interlocutor en las letras del alfabeto que se le dictan, y con las que se van formando palabras, frases... Así, decide dictar un libro entero. Se venden 367 000 ejemplares del libro y en 2007, Julian Schnabel realiza una adaptación al cine.

RESUMEN

La escafandra y la mariposa no es una novela lineal. A lo largo de los capítulos, el narrador-autor nos cuenta su vida en el hospital de Berck, donde vive tras su accidente. Pero entremezcla el relato con anécdotas de su vida anterior, con fantasías poéticas o novelescas, con reflexiones, etc. Aislado del resto del mundo, atrapado «bajo el globo de cristal de su escafandra donde viven las mariposas», nos expone su visión de las cosas, a veces realista y a veces poética. La escafandra es la imagen que ha escogido para trasladar la sensación que tiene de estar atrapado en su cuerpo. Este peso encuentra su contrapunto en la imagen de la mariposa, que nos indica su poder fantástico de revolotear entre recuerdos y de libar los instantes insignificantes que su existencia le ofrece. Lejos de adoptar un tono de autocompasión, el autor sabe reírse de sí mismo, y aprovecha cualquier ocasión para saborear sensaciones de su vida previa con una intensidad incrementada: el olor de unas patatas fritas, el rencuentro soñado con la emperatriz Eugenia, cuyo busto preside el hospital, la contemplación del panorama de los barrios de Berck que parecen decorados de cine, etc.

Cada título de cada capítulo es una perla de un abecedario personal repleto de objetos y de referencias a su vida en el hospital o a su vida antes del accidente.

OTRO ALFABETO

El síndrome de enclaustramiento impide toda comunicación verbal o escrita, puesto que el enfermo no puede articular palabra o usar sus manos. Sin embargo, sí que puede guiñar el ojo y, gracias a un sistema establecido por la ortofonista, Bauby logra comunicarse con su entorno.

SANDRINE, EL ÁNGEL DE LA GUARDA

Este capítulo rinde un homenaje a la paciencia y al trabajo de Sandrine, su ortofonista.

LAS ORACIONES

En este capítulo, Bauby aborda sin tapujos su enfermedad, el síndrome de enclaustramiento, y habla del inmenso y heteróclito «movimiento de las almas» (Bauby 2009, 21) que se ha establecido para rezar por su cura. Aprovecha esta ocasión para hablar de su hija Céleste, cuya oración es la más bella de todas.

ACEPTACIÓN

Bauby cuenta humildemente «el episodio del aseo» que lo sume «a un tiempo en la congoja y en la dicha» (Bauby 2009, 27). Es un momento agradable, puesto que siente su cuerpo, pero eso también lo lleva de regreso a la época anterior al accidente, lo que despierta su nostalgia. El día en el que prueba su silla de ruedas, Bauby se ve obligado a aceptar que es discapacitado. Esta noticia le sienta como un jarro de agua fría.

LA NUEVA CINECITTÀ

El hospital de Berck puede parecer deprimente, pero para

Bauby es un terreno de juego imaginario: «Las afueras de Berck parecen una maqueta para tren eléctrico. Al pie de las dunas, unas cuantas casetas crean la ilusión de un pueblo fantasma del Far West.» (Bauby 2009, 41). Se imagina interpretando un nuevo papel, el de «mayor realizador de todos los tiempos» (Bauby 2009, 42).

LA VISITA DE LA EMPERADORA

Bauby arrastra al lector al encuentro con la esposa de Napoleón III: da rienda suelta a su imaginación y hace aparecer a Eugenia en los pasillos del hospital, gracias a su talento como contador de historias.

UN DÍA DE SUERTE

Bauby evoca un accidente con la sonda urinaria, pero consigue que la situación se vuelva tragicómica, sin despertar un sentimiento de compasión en el lector: cuando la enfermera entra en su habitación, procede a encender la televisión y una voz en un anuncio pregunta: «¿Está usted preparado para hacer fortuna?» (Bauby 2009, 76). Bauby forma parte de los casos «pesados» del hospital. Gracias a su percepción sutil, es consciente del ligero malestar que provoca en el círculo de «enfermos menos desfavorecidos» (Bauby 2009, 43).

EL SALCHICHÓN

El narrador ya no participa en los placeres culinarios. Sin embargo, ha encontrado un truco: se sienta en una mesa imaginaria. Tiene un recuerdo vivo del salchichón de su infancia, que comía como si fuera una golosina.

EL RECUERDO

Bauby nos habla con ternura de su padre que, a causa de una discapacidad, no ha podido ir a verle al hospital, pero le ha enviado una foto de unas vacaciones. Bauby pasó un verano en Berck con sus padres, mucho antes de ser internado en el hospital. Se acuerda de la última vez que vio a su padre en su piso de París, y nos habla del gesto simple que hizo ese día cuando lo afeitó: «Ahora es a mí a quien afeitan todas las mañanas, y con frecuencia pienso en él cuando un auxiliar raspa concienzudamente mis mejillas con una hoja que tiene ya ocho días de uso a cuestas. Confío en haber sido un Figaro más atento» (Bauby 2009, 57).

UNA COINCIDENCIA

Antes del accidente, Bauby esperaba preparar una reedición de *El conde de Montecristo*. ¿Acaso los dioses le han castigado porque «con las obras maestras no se juega»? (Bauby 2009, 61), pregunta con humor.

UN SUEÑO

Durante un sueño, Bauby transforma su accidente en un episodio de una serie policíaca en la que es víctima de un extraño complot con tintes surrealistas: «Vasos y botellas han sido sustituidos por tubos de plástico que caen del techo como las máscaras de oxígeno en los aviones en apuros.

[...] Me han drogado por completo» (Bauby 2009, 64).

VOZ EN *OFF*

Aunque Bauby ya no puede decir en voz alta lo que piensa, esto no le impide emitir en su fuero interno juicios categóricos sobre su entorno. Por ejemplo, nos habla del médico que se encarga de coserle el párpado: «Era el prototipo del médico arrogante, arisco y altanero» (Bauby 2009, 69). Los arrebatos de humor le parecen indispensables «para sentir[se] vivo y no abismar[se] en una tibia resignación» (Bauby 2009, 71).

LAS VACACIONES

Bauby nos relata un recuerdo de juventud con la pareja que tenía en esa época, Joséphine. Describe su mal carácter y su egoísmo: durante sus vacaciones, él era incapaz de despegar la vista del libro que estaba leyendo. Pasan por la ciudad de los milagros, Lourdes, y nos cuenta una anécdota cómica sobre la compra de una estatua de la Virgen.

LA ELECCIÓN DE LA ESCRITURA

Bauby explica por qué ha elegido escribir. Primero, se trata de una especie de revancha: quiere demostrar que no está limitado al estado vegetal, y que pueden «reunirse [con él] en [su] escafandra» (Bauby 2009, 105). No obstante, la iniciativa ha propiciado sobre todo que muchos amigos se reúnan con él; así, ha suscitado que le lleguen preciosas cartas de amistad que le mantienen unido al mundo.

LAS VISITAS

Su minusvalía le duele especialmente cuando sus hijos vienen a verlo: «Théophile, mi hijo, está ahí sentado tan formalito, con el rostro a cincuenta centímetros del mío, y yo, su padre, no tengo siquiera el derecho de pasar la mano por su espeso cabello, de pellizcarle la nuca cubierta de pelusa [...]. De pronto me derrumbo» (Bauby 2009, 91).

EL ACCIDENTE

Bauby relata el día del accidente. Nos describe la manera en la que, en esa época, sobrellevaba su vida: «A imagen y semejanza de millones de parisinos, Florence y yo iniciamos como zombis, con la mirada vacía y el rostro cansado, ese nuevo día de descenso a un burdel inextricable» (Bauby 2009, 147). Tenía una existencia gris, prisionera de costumbres, y vivía de manera mecánica. Todavía tiene un recuerdo intenso del día de su accidente. Se le ha quedado grabada la canción de los *Beatles*, *A Day in the Life*, que iba escuchando en su coche, estrenado esa misma mañana. Tras contar su jornada de trabajo en la redacción de la revista *Elle*, Bauby nos habla de su vida familiar. Esa noche, va a buscar a su hijo, Théophile, a casa de su madre. Cuando se sienta al volante, se le nubla la visión. Después de tomar unas curvas, se ve obligado a aparcar a un lado de la carretera. Su cuñada pide que se lo lleven urgentemente al hospital. Poco tiempo después, entra en coma.

LA VIDA EN PARÍS

El accidente constituye un punto de ruptura con su vida anterior. Poco a poco, su antigua vida se aleja y se desliga de ella hasta el punto de percibir París, la ciudad en la que se vivía su día a día, como un decorado de cine que no le hace «ni fu ni fa» (Bauby 2009, 101).

UN NUEVO REGRESO

Bauby parece apreciar la tranquilidad de septiembre, lejos del tumulto de la vuelta de vacaciones en las empresas que vivió durante sus años en París. A pesar de la desesperación que le invade cuando ve objetos cotidianos en la bolsa de Claude, la guionista, y a pesar también del sentimiento de que ya no pertenece al planeta Tierra, termina su libro con una nota de esperanza: «Hay que buscar en otra parte. Allá voy» (Bauby 2009, 131). Alberga en su interior una voluntad de acción que se traduce en el intento de meterse de lleno en un mundo imaginario para resistir a la desesperanza.

ESTUDIO DE LOS PERSONAJES

EL AUTOR-NARRADOR

El personaje principal es el autor-narrador, cuyo carácter se nos va desvelando a lo largo de la novela. Ahora está obligado a vivir atrapado en su cuerpo, pero el Bauby de antes del accidente era un hombre impaciente y muy activo, que vivía la vida y disfrutaba de los placeres al máximo: «Mi carácter irritable, mi pasión por los libros, mi gusto inmoderado por la buena mesa, mi descapotable rojo, todo sale a relucir» (Bauby 2009, 109). Paradójicamente, describe esa existencia anterior como «triste». Además, con el recuerdo de la relación de Joséphine, se nos muestra bastante egoísta, y admite incluso su mala fe.

El accidente permite evaluar cuánto ha cambiado: este episodio le hace madurar, es mucho más paciente y atento a lo que le rodea. También le da mucho más valor a la amistad. De hecho, las cartas que ha recibido le han emocionado y le han mostrado la profundidad insospechada de algunos de sus parientes: «¿Acaso estaba ciego y sordo, o bien se requiere la luz de una desgracia para que un hombre se revele tal como es?» (Bauby 2009, 105), se pregunta.

Además, desde su accidente, se ve despojado de la máscara social y su pasado ya no es relevante: «¿Qué clase de persona pensarán que he podido ser?» (Bauby 2009, 109). Se siente un poco diferente con respecto al resto de la humanidad. Por otra parte, sabe que provoca un «ligero malestar», puesto que pertenece a la categoría de pacientes menos «favorecidos».

LOS OTROS PERSONAJES

Por supuesto, los otros personajes importantes son sus hijos, a los que ya no puede estrechar entre sus brazos. Nos habla también de su padre, que está en una situación parecida a la suya: con 92 años, ya no puede bajar las escaleras de su edificio. Sus seres queridos le aportan consuelo: su hija, Céleste, y su padre en particular, «constituyen los dos eslabones extremos de la cadena de amor que merodea [sic] y [l]e protege» (Bauby 2009, 54).

Habla asimismo con mucho cariño del personal sanitario y de su fisioterapeuta. A pesar de la falta de delicadeza y de tacto de algunos, declara: «He pensado que quería a todos mis verdugos»[1]. Y no se olvida tampoco de su ortofonista, que le ha enseñado el código de comunicación. Por ello, la bautiza como «el ángel de la guarda».

---

1. Cita traducida por ResumenExpress.com

CLAVES DE LECTURA

¿QUÉ SIGNIFICA EL TÍTULO?

Bauby ha escogido el título *La escafandra y la mariposa* para expresar su condición de prisionero cuya única evasión posible es la mental, puesto que está atrapado en su cuerpo y aislado del mundo. Su relación con el mundo y con las sensaciones se ha visto perturbado, como si llevara un casco de escafandra. No puede moverse ni hablar, su visión es limitada, puesto que solo ve a través de su ojo izquierdo y su audición está trastornada: «En el lado derecho tengo la vieira completamente llena de arena, y en el izquierdo mi trompa de Eustaquio amplifica y deforma los sonidos procedentes de más allá de dos metros y medio» (Bauby 2009, 121). Sin embargo, se toma estas molestias con humor, usando comparaciones: «Cuando un avión sobrevuela la playa arrastrando el cartel publicitario del parque de atracciones regional, no me costaría nada creer que me han injertado un molinillo de café en el tímpano» (Bauby 2009, 121).

Sin embargo, bajo esta pesada escafandra, descubre que tiene una nueva capacidad: «Lejos de estos desbarajustes, en el silencio reconquistado puedo escuchar a las mariposas que revolotean por mi cabeza» (Bauby 2009, 123). Estas mariposas son el símbolo de su capacidad para ver lo invisible, para escuchar lo inaudible, como un sexto sentido que solo se desarrolla cuando los otros cinco están en reposo. También hace referencia a su capacidad para soñar, para crear mundos encantados. La metáfora de la mariposa que revolotea de flor en flor representa así la libertad de su espíritu.

Resaltamos asimismo que, a pesar del aislamiento que está obligado a vivir, muestra una gran capacidad de observación. Por ejemplo, se da cuenta perfectamente de lo difícil que le resulta a la gente enfrentarse a su silencio («Cómo me gustaría no oponer tan sólo el silencio a tan tiernas llamadas. Hay a quien incluso le resulta insoportable», Bauby 2009, 54), y adivina el dolor de cada persona, en especial, el de su padre («No debe de resultar fácil hablarle a un hijo que no puede responder», Bauby 2009, 57), o el de su exmujer («Detrás de las gafas de sol, que reflejan un cielo puro, llora suavemente por nuestras vidas hechas añicos», Bauby 2009, 95).

UNA CAPACIDAD CREATIVA SORPRENDENTE

La imaginación, los recuerdos y las referencias culturales de Bauby le permiten redecorar el universo triste y rutinario del hospital. Tiene una capacidad extraordinaria para evadirse con la poesía o con su imaginación. Tenemos el ejemplo más claro en el capítulo titulado «La emperatriz». La emperatriz Eugenia (1826-1920), mujer de Napoleón III (1808-1852), es la madrina del hospital de Berck, y la galería del hospital ha conservado dos testimonios de su paso. Así, Bauby consigue por un momento que viajemos al pasado y nos describe «el mariposeo de las jóvenes» y «[el] sombrero de Eugenia adornado con cintas amarillas» (Bauby 2009, 35). Pero el reflejo en la vitrina de «un hombre que parecía haber permanecido en un tonel de dioxina» (Bauby 2009, 37) lo trae de vuelta a la realidad. Cuando se da cuenta de que el hombre desfigurado y horrible no es sino él, le da la risa nerviosa. Lejos de maldecir su suerte, lo invade «una extraña euforia» (Bauby 2009, 37).

Encontramos muchos ejemplos de esta habilidad para evadirse y crear: en el primer capítulo, imagina que el personal sanitario son «esos gánsteres del cine negro que se esfuerzan en meter en el maletero de su coche el cadáver del entrometido cuyo pellejo acaban de acribillar» (Bauby 2009, 20), y así le quita hierro a un episodio trágico; el color de las fachadas de ladrillo, ocre al alba, le recuerda el tinte de su gramática de griego, el universo educativo, lo que le hace olvidar el color rosa esparadrapo, triste y vulgar, de los pasillos del hospital.

Otra prueba de su fuerza creativa consiste en su capacidad para apropiarse del cuerpo de los demás. Imagina que es piloto, corredor, etc. Por ejemplo, en el capítulo titulado «Cinecittà», se convierte en «el mayor realizador de todos los tiempos» (Bauby 2009, 42) en las terrazas del hospital que dominan los barrios de Berck. Sin duda, esto también es una manera de distanciarse de su propia tragedia al trasladarla a la ficción. En el capítulo «La voz en *off*», incluso imagina que compone una obra de teatro a partir de su experiencia: «La obra narra las aventuras del señor L en el universo médico» (Bauby 2009, 69). Al referirse a sí mismo en tercera persona y al imaginarse detrás del telón, Bauby desdramatiza su condición y nos invita a reírnos.

Por último, también se mete en la piel varios personajes de novela. Se compara a la estatua del comendador, que aparece en el último acto de *Don Giovanni* (1787), de Mozart, cuando pasa «media hora suspendido» en un plano inclinado que lleva progresivamente a la posición vertical (Bauby 2009, 43), y, más adelante, se ve en la piel del anciano Noirtier de Villefort de *El conde de Montecristo* (1845), de Dumas (1802-1870).

UNA NUEVA VISIÓN DE LA VIDA

Las constantes reminiscencias de Jean-Dominique Bauby no dejan lugar a duda: cuando tenía salud, no estaba vivo, era superficial. Se refiere a sí mismo como un zombi, atrapado en una rutina que parece soportar. La rabia y la pasión del joven periodista han ido desapareciendo poco a poco.

A través de esta experiencia cercana a la muerte, tiene una nueva perspectiva, completamente diferente, sobre la vida y sobre sus seres queridos. Tiene un enfoque más maduro, incluso apaciguado, de la vida. Es consciente del valor de todas las cosas: «Realicé maquinalmente todos los sencillos gestos que ahora me parecen milagrosos: afeitarse, vestirse, tomar un tazón de chocolate» (Bauby 2009, 148).

Al mismo tiempo, nos ofrece una visión decepcionada de la vida que tenía antes del accidente. Efectivamente, al tomar conciencia del valor de cada momento, se da cuenta de las malas decisiones que ha tomado, enredado en la rutina, y poco proclive a apreciar la felicidad. Cuenta el último momento íntimo que ha pasado con su pareja, Florence: «Cómo hablar del cuerpo flexible y tibio de muchacha alta y morena junto al que te despiertas por última vez sin prestarle atención, casi refunfuñando» (Bauby 2009, 147). Vuelve a pensar en este episodio más tarde, cuando toma conciencia, y se da cuenta de que solo veía los detalles menos importantes de su día a día, en lugar de concentrarse en lo esencial. Esta toma de conciencia es dolorosa, puesto que se percata de que el tiempo ha pasado casi a su pesar. «[...] las mujeres que no has sabido amar, las oportunidades que no has querido aprovechar, los momentos de felicidad que has dejado escapar. Hoy tengo la sensación de que toda mi existencia no ha sido sino una sucesión de pequeños fracasos» (Bauby 2009, 120), constata.

Y sin embargo, su análisis no solo tiene un lado amargo. Su accidente le ha permitido abrir los ojos y darse cuenta de la importancia de las pequeñas casualidades y los momentos vividos: «Ello puede dar la ocasión de descubrir un recoveco desconocido, entrever nuevos rostros o captar al paso un olor a cocina» (Bauby 2009, 39). Su libro concluye incluso con una nota de esperanza: uno debe encontrar los recursos en sí mismo, no en el exterior. Finaliza diciendo: «¿Existen en el cosmos llaves que puedan abrir mi escafandra? ¿Una línea de metro sin final? ¿Una moneda lo bastante fuerte para comprar mi libertad? Hay que buscar en otra parte. Allá voy» (Bauby 2009, 160).

PISTAS PARA LA REFLEXIÓN

ALGUNAS PREGUNTAS PARA PROFUNDIZAR EN SU REFLEXIÓN...

- Cuando Jean-Dominique Bauby escribe que «la imaginación y la memoria son los dos únicos medios para evadirse de la escafandra»[2], parece hacerse eco de la frase de Proust (escritor francés, 1871-1922): «Solo mediante el arte podemos salir de nosotros mismos». Comente esta relación.
- Jean-Dominique Bauby escribe este libro, tetrapléjico, desde la cama del hospital. ¿Piensa que una práctica artística (escritura, música, pintura, etc.) puede permitir que una persona supere una desgracia? Arguméntelo.
- La contemplación y la lectura son actividades solitarias que Bauby, atrapado en su escafandra, puede llevar a cabo. ¿De qué manera estos pasatiempos son esenciales para la vida, «como el aire que respir[amos]» (Bauby 2009, 69)?
- «¿Acaso estaba ciego y sordo, o bien se requiere la luz de una desgracia para que un hombre se revele tal como es?» (Bauby 2009, 105). ¿Qué piensa de esta idea? ¿Cree que la desgracia permite una toma de conciencia más pronunciada sobre la gente, el mundo y la vida?
- ¿Cuál es para usted el género de esta obra? ¿Podríamos decir que se trata de un diario íntimo? ¿De una autobiografía? Justifique su respuesta.

---

2. Cita traducida por ResumenExpress.com

- *La escafandra y la mariposa* no es una novela lineal. Justifique esta afirmación.
- ¿Cómo definiría la relación de Bauby con sus hijos y con su padre después del accidente?
- ¿Cuál es el tono general de la obra?

PARA IR MÁS ALLÁ

EDICIÓN DE REFERENCIA

- Bauby, Jean-Dominique. 2009. *La escafandra y la mariposa.* Traducido por Rosa Alapont. Barcelona: Booket.

ADAPTACIÓN

- *La escafandra y la mariposa.* Dirigida por Julian Schnabel, con Mathieu Amalric, Emmanuelle Seigner, Marie-Josée Croze y Anne Consigny. Francia y Estados Unidos, 2007.